人間のいる風景

小山修一　詩集

コールサック社

詩集

人間のいる風景

目次

Ⅰ　万華鏡

Ⅱ　家族の時間

詩集

人間のいる風景

小山修一

Ⅰ 万華鏡

黎明期

群れを追われた小さな獣のように
耳を欹(そばだ)て
怯えているひとつの魂
肉を引き裂く爪をもたず
臼歯で木の実を噛み砕き
いのちの糧とするもの

ふりやまぬ雨のなかに飛び込む無邪気を失い
罠を仕掛ける知恵もない
そういう　ひとりのにんげん

等身大の穴倉を棲家と定め
ふりやまぬ雨風に
神々の慟哭を聞く

言（こと）の芽（め）

まぁ　ばあじいじじぃばあ　まん
まんまあ　しいめ　あいたぁ
んまぁまう　じじたあ　ふぁあ
かせ　あん　あむう　ばばぁ
ばば　あむぶう　ややや
ままま　まん　あんば　まちゃあ
ばぁいたぁ　かせ
ふぁあ　やややや　ふあっ　はっはっ
んんん　ばい　ばぁばじぃ　や
はあ　かせ　はっは　あんま　しぃじ　かせ
んまぁ　ちゅ　やや　ふう　まんまあ

人間のいる風景Ⅰ

ヒトのようなひと。
ヒヒのようなひと。
野菜サラダのようなひと。
ブロイラーのようなひと。
過酸化水素のようなひと。
空気のような風のようなひと。
ひとりのひとを愛しつづけることがひとのみち。
大安のようなひと。
仏滅のようなひと。
自動販売機のようなひと。

インスタントラーメンのようなひと。
蟬のようなひと。
ザリガニのようなひと。
パンティストッキングのようなひと。
下水管のようなひと。
月のようなひと。
太陽のようなひと。
神社仏閣のようなひと。
虫歯のようなひと。
百科事典のようなひと。
スリッパのようなひと。
箱庭のようなひと。
蝶々のようなひと。
海のようなひと。

○

てのひらには海がある
波のうねりをにぎりしめ
ひとそれぞれのみちをゆく

○

事務員　セールスマン　刑事　配管工　ホテルマン
評論家　教師　主婦　プロレスラー　画家　銀行員
ボイラーマン　詩人　修理工　弁護士　ヤクザ　看護師　小説家　庭師
ガードマン　漁師　記者　・・・・・盗っ人。

管（くだ）

みみずも
にんげんも
基本はいっぽんの管
口から入れて
肛門から出す

芯

玉ねぎも
にんげんも
芯の芯は
消え入りそうな萌黄色
そこから根が生え
葉が伸びる

へんてこりん

へんてこりんな国語
へんてこりんな算数
へんてこりんな論理　あるいは倫理
へんてこりんな生き物の群れ
ぼくは迷い込んでしまったのか
人間の棲む　へんてこ林（りん）に

万華鏡

どこもかしこも曼荼羅の
ぐるりいちめん極楽浄土
そういうものかもしれないね

この世もあの世も
ほんとはね
こういうとこかもしれないね

境界線

頭を掻いてアタマといい
額に皺を寄せてヒタイという
鼻をつまんでハナと呼称する
鼻の裾野はどこまで続くのか

さくらが咲けば春爛漫と浮かれ
山が染まればロマンチックな秋ですね

宇宙　地球　森羅万象
カラダ　ココロ

思想あるいは心情にさえ
人は　およそ
何でもかんでも
境界線を引きたがる

人間のいる風景Ⅱ

ぼーじーぞーぶつ　まーよーびー
くちうらあわせ　てをあわせ
ぼんじんぞくぶつまよいびとぼんじんぞくぶつまよいびと
しらぬか　ぼんじん　ぞんぜぬ　ぞくぶつ
ぼんじん　ぞくぶつ　まよいびと
いまはいま　いまはみらい　いまはかこ
ぼーじーぞーぶつ　まーよーびー
となえよ　ぼんじん　いのれよ　ぞくぶつ
ぼんじんぞくぶつまよいびとぼんじんぞくぶつまよいびと
ぼーじーぞーぶつーまーよーびー

風聞

ニンゲンＺが所有権を主張する小さな庭の
五葉松の枝から枝に張り廻（めぐ）らせた
幾何学模様の真ん中で
蜘蛛Ｄは待っていた
闇深い夜も
露のお数珠が光る朝も
食事にありつけるその時を待ち続けていた
ニンゲンＺは棒切れを∞（無限大）の形に振って
蜘蛛Ｄの住処を絡め取り

落ちてきたDを踏み潰した

そのあいだ
蚊KはZの頬に忍び寄って
甘い血液をたっぷり吸うと
痒みとハートマークを残して
ふらふら飛び立っていった

Zはその日も
Dを踏み潰したときの感触を足の裏に感じながら
メシのタネを探しまわっていた
ニンゲン社会の
べたつく網の目の中を
時々、頬をさすりながら
営業鞄を片手に

修行僧のように歩き続けていた

蜘蛛家族にはすこぶる評判の悪いZだが
蚊の社会では
なかなかの人気ぶりだそうである

鰯（いわし）

つい先日まで
太平洋に銀河を描いていたのに

一網打尽　捕らえられ
恐ろしい空気にさらされ
散り散りにされ
しょっぱい水に漬けられ
大嫌いなお日様に照りつけられ
目刺しと呼ばれ
あぶられ

焼かれ
美味しいね　なんて
褒められて

太平洋に銀河を描いていたのは
もはや
遥(はる)か遠い昔のこと

ぼく

星は星から生まれ
草木は草木から生まれ
人は人から生まれるが
ぼくは宇宙の隙間からこぼれ落ちていた

何もしないという役割
誰にも気づかれない存在
ぼくのいた場所は
高すぎたのか
低すぎたのか

ぼくは仏陀の指のあいだにいた
イエスの額の皺のなかにいた
ぼくはどこにでもいた
ぼくはどこにもいなかった

いのちあるものの生き死にを
ぼんやり眺めているうちに
ぼくの穏やかな日々は終り
喰うか
喰われるか
ぼくは喰うものになり
喰われるものになっていた

誰もがみんな

誰もがみんな　かわいそう
誰もがみんな　おめでたい
ちょっと目をつむればわかること

誰もがみんな　わがままで
誰もがみんな　譲り合う
ちょっと付き合えばわかること

誰もがみんな　傷ついて
誰もがみんな　傷つける

ちょっと立ち止まればわかること

誰もがみんな　迷って生きて
誰もがみんな　いなくなる
ちょっと見まわせばわかること

地球のカケラ

街路樹の枝に引っかかっているコンビニ袋
道路に転がっているコーヒーの空き缶
踏みつぶされた煙草の吸い殻
かりんとうのような犬の糞
色褪せた道路標識
そんなもののすべてが
もとをただせば
地球のカケラ

Ⅱ　家族の時間

いなくなる

机の上にいたはずのメモ帳がいなくなる
ボールペンがいなくなる
必要なときにいなくなる

引き出しの中の目薬がいなくなる
目が痒いときにいなくなる

車のキーがいなくなる
車の中
ポケットの中

バッグの中
心当たりの場所を探してもいない

妻がいなくなる
用事があるときにいなくなる
台所にいない
お風呂にもいない
トイレにもいない

たいがい思わぬところにいる

鍵

僕は歩いているのだが
歩いているはずなのだが
僕はただ
足踏みしているだけかもしれないというふうに
澱んだ風景である

鍵を持っているのは僕ではないので
そのうえ　僕の両手はふさがっているので

喜怒哀楽の起承転結の日時分秒に

まとわりついて離れない憑き物への
反発と許容と無視とが交叉する日常

あるいは
鍵を握っているのは僕自身である
そのうえ　僕はてぶらである

指さした人差し指の爪が伸びていて
垢が詰まっていたりするので
人を指さすその前に
爪を切ったほうがいいのではないかと
僕はぼんやり思っていた

人に問わず　人に願わず
人に求めず

人を慕い　人に添い
人に預けていけないものか

僕は生きているのだが
生きているはずなのだが
僕はただ
息をしているだけかもしれないというふうに
眠れない夜である

歴史

親は子の足を引っ張り
子はその子の足を引っ張り
その子はその子の子の足を引っ張り
その子のその子のまたその子はその子の足を引っ張り
引っ張りひっぱられ
ひっぱられ引っ張りしながら
気の遠くなるような歴史を刻んできて
暮らし向きは確かに変わったが
人は相変わらず生臭い息を吐き
宿命のように独裁者ぶっている

私のために

夫である私は
私のために
妻の白髪が増えることのないように

父親である私は
私のために
子供たちが苦痛を背負わぬように

子どもである私は
私のために

父母が悲しい目に遭わぬように

兄であり弟である私は
私のために
兄弟姉妹に迷惑が及ばないように

私は私とかかわる人たちが
私のために
不幸せになるようなことのないように

私である私は
誰よりも私自身のためにこそ

初夏

子どもたちと
仙了川の河原を歩いていたら
刈り上げた草株のうえに
犬のうんこがぬたりのっかっていた
子どもたちは
しゃがみこんで
いつまでもうんこを見ている
おーい　こっちにもあるぞ
僕は足もとにあるうんこを
突っつくように指さして言った

ねえ　向こうにもあるんだって
娘が甲高い声で言う
すげえすげえ　行こ行こ
息子が相槌をうつ
二人ならんで走ってくる

わざわざ呼ぶほどのことではないのだが
走ってくるほどのことでもないのだが

小の字　大の字

娘が生まれてから
川の字で眠るのが幸せな時間だった
息子が生まれて　今は
小の字で眠る父と子である
おかあさんは？
おかあさんはね
隣の部屋で大の字なのだ

猫に訊く

子どもたちが
捨てられていた子猫を
次々に拾ってきたのは二十年以上も昔のこと
隣の家の庭の陰　向かいのお宅の塀の中
路地裏のゴミステーション
三匹は遊びまわり　時には盗み
ケンカしまくり
町内会長よりも　派出所よりも
人間のうちの誰より
界隈の隅々まで詳しく知っていた

ニャン太郎は十八年生き
ピノ子は十五年
病気がちだったクロ助も十六年生き
最期はペット葬儀社に於いて
それぞれ　火葬・納骨・永代供養の儀式もやった

あれから五年余り過ぎた今
大往生だった三匹は
あの世がいったいどんなとこだか
あの世に逝った誰よりも
隅から隅まで知っているだろうから
そうだね
時充ちて
お迎えがきたら

あの世のことは
猫に訊こう

写真

妻が還暦を迎えた誕生日
娘に記念写真を撮ってもらった

写っているのは花束を脇に抱えている妻と
その花束をプレゼントした僕なのだが
これ　わたしじゃないわ
妻は不満げに言い
僕は
おれは写真写りが悪いなぁ　と呟いた
何枚撮っても気に入らなかった
妻が　もう一枚　と言って笑顔をつくった

僕は　顎をひいて
あと一枚　と　娘に顔を向けた

デジカメ画面をスライドしながら
二人とも　こんなもんよ
娘が呆れ顔をした

こんなもんかなぁ
あなたは実物そのものよ
おまえはむしろ　写真の方がいいくらいだ
あなたにだけは言われたくないわ
そんなことを言い合いながら
僕は　じつに久しぶりに
実物の妻の顔を
まじまじと眺めたのである

約束のとき

声をころして泣きじゃくっているあなたの
もつれた髪を指で梳かしながら
おれはあのとき　なんて言ったのだろう
あなたのやわい耳たぶを
唇で噛んで
なにも言わずに
ただ　抱きしめていたのかもしれない

言葉が無力で　体が邪魔で
それでも愛は

言葉を求めて手探りをする
肉体を貫いて魂に触れようとする

おれはあのとき
なんて言ったのだろう
なにも言えずに
ただ　抱きしめていたのかもしれない

夫婦の樹

伊豆高原駅「やまもプラザ」の
しあわせ広場という中庭に
樹齢不明のヤマモモの夫婦樹がある
ともに一九六一年の開業時からある古木で
ずっと乗降客を見守り続けてきたという

ほら　さわってごらん
木肌がなんだか温といよ

梅雨のころには

甘くてすっぱい実がたわわ
夏になったら
蟬がとまって鳴くでしょう

樹下に涼やかな風をよぶ
最北端のやんもの樹

見て　あんなところから若葉が出ているわ
手を伸ばしても届かないあたりから
ぽつり枝が生え
瑞々しい若葉が艶っている

僕らの結婚生活も三十五年が過ぎた
なれたらいいね　この樹のように

年金

ねぇ　長生きしてくれなきゃいやよ
妻は僕のほうに顔を向けずに言い
紅茶を啜った
うん　そう言ってくれると嬉しいなあ
僕は気分よくこたえた

妻は通知書類を交互に眺め
難しい顔つきをして
何やら計算している

炬燵に寝転がってテレビを見ていた僕は
からだを起こし
テーブルのうえの数字の羅列を覗き見た
あれ　たったこれだけか

二人合わせても　たったこれっぽっちよ
妻はため息交じりにこたえた

ふうん　息苦しくなるほど少ないなあ

そうよ　ほら
介護保険料がこんなに引かれている

へえ　食事や運動に気を付けているけど
こりゃ　元気なうちに旨いもの食べて

酒飲んで　好き勝手して
介護を受けなきゃ損するような気になるね

あなたの年金が頼りなんだから
健康で長生きしてよね
わたし一人ぶんだと厳しいのよ

なんだ　そういうことか
で　僕らは長生きしても大丈夫なのか

あなたが六十五歳になってからは
公的年金の他に　ほら
個人積み立てぶんの年金もおりているから
質素に生活すればなんとかなるでしょ

僕は　また寝転がって
テレビ画面に目を向けた

それに　七十歳になったら
わたしの個人積み立てぶんもおりるから
今より少し楽になるはずよ

妻は　何事も無ければね　と付け加え
あら　紅茶が冷めちゃったわ
と　笑った

あすなろ

とんとんとんとんとん野菜を刻んでいる
たふたふ煮物の匂いが漂うてくる
妻は食事をつくっている
僕は　というと
詩なんてつくっている
ああ　かったるい　かったるい
と言いながら
妻がお膳を運んでくる
僕もかったるいが
妻はもっとかったるい

こんな僕ら夫婦の明日は
やはり　あすなろのままだろうか
それとも
ゆるぎない檜になっているだろうか

特別なこと

愛しいあなたとめぐり会い
あなたと契りを交わすこと

普通のことは特別なこと

やがて家族が増えること
普通のことが特別なこと
生まれて生きて歳をとる
普通のことは特別なこと

思い出袋を覗いてみれば
苦しいとき　病んだとき
いつもあなたが救うてくれた
楽しいとき　嬉しいとき
いつもあなたが寄り添うていた

普通のことが特別のこと

いつしか死んでいくけれど
この世とあの世に離れるけれど
夫婦は二世というように
あの世で待っているからね

普通だけれど特別なこと

歳をとる

歳をとる、という。
歳をとる、とは
積み重ねることだ。
年輪を刻む樹のように
がっしり根を張りめぐらして
この身をささえるということだ。
秋になったら惜しみなく
素っ裸になるが
地べたにぎっしりの落葉は
ほどよい味わいになったころ

この身に収穫するのだ。
歳をとる、とは
この身が枯れていくということだ。
ぎっしりの種を風にまかせて
散る花のように。
歳をとる、とは
腐っていくことではないのだから
生ぐさい現実から少し離れて
目を閉じて、こゝろひらいて。

後ろめたい気持ちはもたないで

新婚のころは
トイレの臭いがムッとくる安アパート暮らしで
家具らしい家具も　車も貯蓄も無かったから
僕はあなたに後ろめたい気持ちをもっていた
あなたを幸せにしようと
あなたを守ろうと
いつも考えていたのに
苦労ばかりかけてきたね

あなたと語り合うひととき

あなたの料理を味わうひととき
あなたとからみあって遊ぶひととき
あなたの吐息を子守歌に眠るひととき
ああ　それ以外の時間を
僕らはいっしょけんめい働いたね

後ろめたい気持ちで子供たちをゼロ歳児保育に預け
少しずつお金を貯めて
大きめの冷蔵庫を買ったり
車を買ったり
そして　持ち家も手に入れたね
子どもたちはディズニーランドに連れて行けなかったけれど
寂しい思いもさせたけれど
せいいっぱい可愛がって育てたね

長い長い年月が過ぎて
子どもたちは一人前になって
僕はすっかりくたびれてしまったけれど
いつも忙しく　疲れているあなただけれど
心配の種は尽きないけれど
たまには
仕事からも
老父の世話からも離れて
旅行や美術館巡りを楽しもうね
もう　後ろめたい気持ちはもたないで

Ⅲ　詩滴抄

真鶴にて――前田鐵之助先生と

僕らは肩を並べて歩いていた。
二十歳の僕と
白髪の老詩人は
不思議と呼吸を合わせて
みかん山の坂道を踏ん張ったし
尻掛の岩場の波に足を濡らした。
少し休みましょうか、と僕が訊く。
いえ、まだ大丈夫です。
先生は笑顔でこたえる。

――路地に入って鉢植えの花を買う。

詩滴抄

終末処理場の
沈殿槽の底に
沈んでいる言葉を
掬い上げて紡ぐ

○

殺菌消毒され漂白され
ろ過されて
文化的生活

○

いろんな手のひらのうえで転がされて
僕はだんだんまるくなる

○

ピンクの
薔薇の蕾ひとつ
ひらかないまま
師走になる

○

軒の下で
首を吊っているテルテル坊主は
誰からも忘れられて

○

知らないから生きていける
知ったとたんに生きにくくなる

○

経済大国の建ぺい率は家族の生活さえ小間切れにする

○

五臓六腑の仲間に入れず
ありやなしやの
孤独な脳みそ

○

穴を掘る
泥にまみれて穴を掘る
自分が入る穴を掘る

○

脳の片隅に隠れ
胸に抱かれ
悩みの中に潜んでいる凶

それを解き放とうとした者たちの
終わらない歴史

○

およそ
たいせつなものは目に見えない
たとえば草木の根っ子のように

○

父は疲れている
ゆえに父である
母は　母ゆえに
もっと疲れている

○

子どもは親を選べない
もしも　選ぶことができたなら
僕の子供たち
僕をまっすぐ選ぶだろうか

○

まさかという坂がある
まさかおれが　という坂
まさかあの人が　という坂

○

取り返しのつかない昨日と
さわることのできない明日とのあいだで
絡まってしまった糸を
ほぐしたり
ほどいたりしながら
私は今日も
手探りで歩いています

○

雲が雨になるように
雨から風が生まれるように
風が星を透かすように
人は人に　そのように

○

夫になっても
お父さんになっても
じぃじになっても
ときどき思春期

○

もういいかい
まぁだだよ
終わりのないような
かくれんぼ

○

働き続けてきた妻の指をきつく握る

○

幸せだったねって
笑顔を交わせるように
暮らし向きを変えよう
いつか　きっと

○

歳をとればとるほど横柄になる
歳が寄ってくればくるほど謙虚になれる

○

しあわせの
しわよせが
誰にもいかない
そんなしあわせが
いいよね

少年

ふっくら太っている少年が
ひょこひょこ歩いてくる
青々した少年の頭の上で
紋白蝶々がはためいている

少年は春の日和に誘われて
家を抜け出てきたのだろう

摘んだ花をむしゃむしゃ噛みながら
僕のほうに歩みを向けた少年は

僕に笑顔と花を突きつけ
身振り手振りで食えと言う

蝶々がてふてふ上昇していく
あぜ道の土手に腰かけていた僕は
涎（よだれ）のついている花を一輪
少年の手から抜きとって口に含んだ

少年の花は
僕の舌に苦かった

遠くの山から鳥がきて

遠くの山から鳥がきて
糞を落として行きました

糞のなかから芽が生えて
やがて大きな樹になって
きれいな花が咲きました

隣の村から蝶がきて
蜜をたっぷり吸いました
そしてタマゴを産みました

つゆの季節の変わり目に
タマゴは毛虫になりました
花は果実になりました

お彼岸すぎて秋がきて
毛虫は蝶々になりました

遠くの山から鳥がきて
果実を食べていきました

毎度の詩

相田みつを氏の
言葉のあいだには
何が挟んであるのだろう
深い慈愛のようなものなのか
あるいは神の領域か
推察するぼくなのだが

あいにくぼくは小市民
悲しいことにぼくの詩には
毎度毎度

請求書やら薬瓶やら
現実ばっかり挟まっている

帰省

おう　来たか
おやじが言った
ああ　とおれはこたえた
それだけしか言葉を交わさなかった
まる二日いたというのに

父の写真

笑顔の写真だと思っていたのだが
ちっとも笑っていないのである
遠目で見れば笑っているふうなのだが
近づけて見ると
笑っていないどころか
つまらなそうに見えるので
おれは写真を手にとって
上から下から右から左から斜めから
角度を変えてみたのである
どの角度からも

近くで見ればつまらなそうだし
写真を持つ手をぴんと伸ばして見れば
笑っているふうなのである

お棺の窓枠の中の顔は綺麗すぎて
蠟人形みたいで
八十有余年の生涯のあれやこれやが刻まれていないじゃないか
と　おれはもうじき骨になるおやじの顔を覗きこんで思ったのだが
お互いの暮らし向きについて
あるいは人生観について
じっくり話し合ったことも
訊いたこともなく
今さらながら
知らないことばかり
知らせていないことばかりだった

知らないことばかりなのだが
知っていることのすべてまるごと
綺麗な顔をして
あの世に連れていくのがよろしいか

できるかぎり遅いほうがいいのかもしれないけれど
そのうち　おれもいくから
そのときは　どこか静かな場所でおちあって
あれやこれやを笑い話に
二人きり　とことん話し合おうとおれは思っている

知らぬが仏のこの世なら
仏になったあの世にて

なぁ　おやじ

終わらない戦争

昭和三十二年
近所の人たちに誘われたけれど
曾祖母は靖国神社参拝に行かなかった
六歳の私がなぜ行かないのか訊くと
うちの子らは神社になんて　いにゃあよ
自分が生まれたこの家にいるさや
と　笑顔で言い
いかにも農婦らしい手で私の坊主頭を撫でた

憲兵曹長　小山勝利

陸軍少年航空隊軍曹　小山静男
命の重さとは比べようもないが
重さを示すような高さ三メートルほどの
立派な慰霊碑に刻まれている
長男と次男の名前

昭和四十六年
お盆に帰省した二十歳の私が
なぜお線香をあげないのか問うと
曾祖母は真剣な表情をし
勝利も静男も外国で生きているかも知れんし
家族をもっているかも知れん
と空を見上げて言った
陸軍騎兵二十六連隊兵長だった私の父は
二人とも戦死した証拠は無いからなあと

苦笑いをした
曾祖母が亡くなったのは昭和四十八年のこと

平成二十三年
東日本震災に続いて発生した静岡県東部地震の
稀にみる激しい揺れにより
墓地は崩れ慰霊碑が倒れた
慰霊碑の下には遺骨の欠片ひとつ
遺髪ひとすじ納められておらず
二人の手帳が入っているだけだという

平成三十年
昭和二十六年生まれの私は六十七歳になるが
大正生まれの勝利伯父さん二十六歳
静男伯父さんは十八歳のままである

戦争は終わっていないのだ
かって敗戦国だった日本の総理大臣と
戦勝国アメリカの大統領が
満面の笑みを浮かべて握手を交わし
海外派兵が可能になり
共謀罪法が可決された

※私の祖父母は、父が二十歳の頃に相次いで亡くなった。
原因は働きすぎだったと聞いている。曾祖母は子等より、ずっと長く生きた。

枯れ葉散る秋に

ひょろ長い影が
足もとから頼りなげに伸びて
クルマに弾（はじ）かれ　弾（はじ）かれている

まんまるまぬけな月明かり
しょぼい星　ちらちら
接触不良の常夜灯
ひび割れたアスファルト舗装の道
道の裾には枯れすすき
畳の上にはひとつの家族

その　うるうるしい暮らし

落ち葉を踏んで
ふらり歩けば
どこから生まれてきたのか
ひとしきりの風

Ⅳ　黎明の帰還

人間のいる風景Ⅲ

……てなわけでありまして
無自覚無責任無反省薄情浅知恵破廉恥冷血残酷非道
歴史の事実を振り返ってみましても
まこと人間つうのは諸悪の根源でありまして
オノレを知らぬと言いましょうか
オソレを知らぬと申しましょうか
とどまることを知らぬその貪欲は
他に例を見ないのであります
……てなわけでありまして
血迷っているという他ないのであります

人間は余計なことばっかし
余計なことして仕事つくって忙しぶって
無茶して無理して無駄するのよ
……てなわけでありまして
二十世紀の幕を閉じようとしておるのでありますが
人間は鬼畜の如く破壊の道を突きすすんでおるのであります
その日暮らしの享楽を貪り狂乱し
百年、千年後の自らの種族の存続さえ……
否　否
家族子孫の穏やかな未来さえ願わぬのでありましょうか
ワシらの社会では考え及ばぬところであります
……てなわけでありまして
人間こそ下等生物と言わねばならぬのであります

人間のいる風景Ⅳ

○

どぶ河を歩いている僕がいる
歩くより他にしようがないのだというふうに
歩いている
歩いている僕がいる

○

イノシシほど野性的でなく
ブタほど一般的でなく
イノブタていどの僕なので

○

股ぐらあたりがさわがしいので眺(のぞ)いてみると
間抜けづらした僕がぶらさがっていた

○

真剣　真面目　一所懸命であればいい
ということではないのである
何もわかっていないというそんなことさえわからずに
・・・・・
ひとりずもうのトンチンカン

○

甘いお菓子はキンツバにかぎる
甘い話はマユツバである
それはそれ
聞かなかったことにしておくことが人の道

○

あった方がいいモノが無くて
無いほうがいいコトがあったりするので
困っている僕なんだ

○

風邪をひいたり頭痛に悩まされたり
肩が凝ったり指がつったり

こゝろだって
くしゃみをしたり
痛かったり
凝ったり
つったり……

○

月は光らない
存るがまゝに浮かんでいる
僕らだって
人々のちからにささえられ
人々の心の光に照らされて
存在が見えてくる
月のように

○

自分のしてきたことなのに
時代や
境遇や
他人や
世の中のせいにしている

○

耳ざわりのいい言葉にひとは目を細める
ひとは耳ざわりのいい言葉を聞きたがる
それはそれ　ただそれだけのことなのだが
あるいは

危険な仕掛けがあるのだが

○

僕は何もしなかった
何もしないことで清潔だった
僕はあらゆることをした
あらゆることをすることで不潔だった

最終章

霞が関の日本銀行の六本木ヒルズの
ピカピカに磨かれた便器の
便壺にひねり落とされた生臭い昨日が
渦を巻いて飲み込まれていく

配管を伝い
流れ　落下し
攪拌され　分解され
地下に浸透し
河川に飛沫し

海に分散し
空中に気化し
巡り巡って
やがて　私たちの喉を潤す水
のようにかたちを自由に変えていくもの

便器を磨くオレという人
配管を繋ぐあなたという人
穴を掘る僕という人
石を組む君という人の
地を這う　人　人　人の
ゆりかごから墓場までの一瞬の連続

競合と理不尽と疑義と保身の歴史が
延々と続く民主主義の地平線に

へばりついているその他大勢の
十束一絡げの、二束三文の草民は
水質分析書なんて
そんな面倒なものに目をとおす気にならない

四角四面の経済大国のがらんどう
リサイクル不能の産業廃棄物が壁となり
赤字とともに弾き出された後期高齢者が
足の踏み場も無いほどに
蠢いている弧状列島の
波打ちぎわに波打ち寄せて
世界はどろり暗転する

とりあえずカンパイ

他人(ひと)はややこしい
自分自身もややこしい
おだてたり　こきおろしたり
ほめ殺したり　逆恨みしたり
やきもきしたり　シカトしたり
多かれ少なかれ　そういうことよ
ということで
とりあえず　平和憲法にカンパイ

騙され　誤魔化され

意地悪され　蹴落とされても
まぁいいか
ということで
とりあえず　健康保険にカンパイ

寄らば大樹の陰
長いモノには巻かれるままに
我が身大事でよかとです
あること無いこと
面白おかしく喋り捲くって
どいつもこいつも
ということで
とりあえず　自由と民主主義にカンパイ

自分はそうではないんだというふうに

自分は善良なんだというふうに
天国と地獄の硲(はざま)を行ったり来たり
霊長類ヒト科ヒト属ヒト
とりあえず
人間にカンパイ

門のある風景

新聞配達のバイクの音で目を覚まし
腰を擦りながら起き上がり
老眼鏡を手探り耳に引っ掛け鼻柱に乗っけ
独り言を言いながら大小一緒にトイレを済ませ
髭を剃り
顔を洗い
歯肉の凹凸をゴシゴシ磨き
合わない部分入れ歯を無理矢理嵌め込み
熱いインスタントコーヒーを啜り
老眼鏡を掛けたり外したりしながら

隅々まで新聞を読み
読んでは忘れ
読んでは忘れ
テレビのニュースを聞きながら
女房あいてに天下国家を論じつつ
代り映えのしない朝飯を減塩味噌汁で流し込み
数種類の処方薬をお茶で飲み下し
おもむろに着替え
念のためにもう一度トイレにいってから
職場に向かう

いつから老後なのか
けんとうもつかないまま
より良い老後を生き抜くために
それより子供の負担にならないように願い

働くことは美徳なのだと
自らに言い聞かせ
あと十年働いて貰わないと困ります
なんて
女房に言い含められ
総理大臣に煽(おだ)てられ
働き続けて五十年

非正規雇用や派遣社員の若者の
長蛇の列を尻目に
シラガアタマハゲアタマデッパラガニマタ
が　昔話や生活習慣病の話に花を咲かせ
わいわいがやがや
巨大工場の門の中に
ぞろぞろぞろぞろ吸い込まれていく

いつもの見慣れた風景の
その先に
見たことのない門が
ぽっかり口を開けている

血族

血と肉で繋がっている僕ら
宿命のＤＮＡで繋がれている僕らの
つれない日常　せつない非常
父母よ
兄弟姉妹よ
遡れば
人類が派生する遥か以前の
蠢くモノだったその日から
ああして　そうして　こうなったらしいのだが
人類が消滅するその日まで

どこか似ている僕の末裔が
相変わらず
肩を寄せ合ったり
いがみあったり
星を見上げてもの思いにふけったり
しゃがみこんで野の花を愛でたりしているのだろう

三六五日めの夜の日常

百年生きても烏（からす）は烏
千年生きても鯰（なまず）は鯰

百年生きても千年生きても
おれはおれなのだが
幸か　不幸か
人類という人の類に生まれ出て
花の鉢に水をやったり
中野孝次の本を読んだり
煙草をふかしたりしながら

どうしようというのか

どうしようというのでもなく大晦日の夜
おれはすっかり泥酔し
麦笛のような放屁をして
なんだそうか
そういうことかというふうに
おれはおれの人生から目をそらせたのである

旅の途中

天下の険の芦之湯の
東光庵の境内の
草ぼうぼうの斜面に並ぶ石仏群の
背負う願いに想いを寄せて
その昔
旅人たちがそうしたように
手を合わせれば
山深い細道を一足一足踏みしめて
通り過ぎて行った幾千万の人々の
後ろ姿がそこにある

僕は僕の荷物を背負うて
自分の道を歩き出す
生き死にの
旅の途中
誰もがみんなそうするように

石

岩のような体軀の友人から
握りこぶしほどの石を貰ってきた
梅の花に似た模様のある石なので
梅花（ばいか）石というのだそうで
家に持ち帰って眺めていると
あら　この模様はウミユリでしょ
むかし海だったところにあったんでしょうね
妻が
目をみひらいて言った

何億年かの時を経て
私のてのひらにおさまっている石は
小さな獣のようにずっしり重く
静かに寝息をたてている

人間のいる風景V

宇宙天然の広大なてのひらのうえで身悶えているひとつの肉体
その肉体の宿主(しゅくしゅ)であるおれの精神の変態は
光の矢にいぬかれきらめく雨に洗われ晒されているが
やがて月充ちて黎明のとき
天真らんまんな産声をあげながら
この惑星に還ってくるだろう

あとがき

詩を書いてきて半世紀になろうとしていますが、ある時点から私の詩的着想の多くは「現実」との対峙だったように思います。

想像さえしていなかった結婚をして子宝を授かり、変容する生活に見合う収入を得なければ生きていくことのできなかった現実は、まさに「詩をつくるより田を作れ」そのものの暮らし向きでした。充実しているけれどその反面、虚しい感情にも襲われて辛苦多く、喜びもあるけれど矛盾に満ちた生々しい日常の連続。詩作どころではないというのが実情でした。今思えば、本名のほかに高村富士夫、えびね蘭坊、五十嵐にやんなどの筆名を用いて吐露してきたのは自己表現のバランスをとるためのもので、当時としては必然だったと感じています。

六十五歳を過ぎて生業の第一線を退き、気持ちも落ち着いてきたこの頃、書き溜めてきた作品を詩集として纏めたい、と、漠然と考えていたのですが、とんとん拍子に刊行が決まりました。というのも、季刊

「コールサック」誌を投稿の場の一つにしたいと思い、社に初めて問い合わせの電話を入れたとき、編集者の佐相憲一さんと会話が弾み、共通する話題に親近感もわき、会話の流れに押されて出版を決意したというわけです。

収録作品は二十代の半ばから現在までの右に記した筆名のものも含めた詩群から佐相さんに選定・編集の労を負っていただいたのですが、ずいぶん面倒をお掛けし、解説文を寄せていただくなど、たいへんなご尽力をいただきました。改めてお礼申し上げます。

また、最後になりますが、深く広い心で詩の道に導いてくれた我が師、「詩洋」主宰の故・前田鐵之助先生、二十年の長きにわたって岩漿文学会を支えた初代代表の盟友木内光夫氏、同人の深水一翠、桂川ほたる両女史、佐木次郎氏や同人諸氏、お付き合いいただいている知己朋友の方々、そして、四十年近く、足並みをそろえて二人三脚の道を歩いてきた妻に感謝し、この詩集を捧げたいと思います。

二〇一八年七月吉日　　伊豆大室高原にて　小山修一

小山修一詩集『人間のいる風景』に寄せて
ほろ苦く人類、それでもにんげん、わたしもあなたも

佐相　憲一

全体を俯瞰(ふかん)することと個別に密着すること、普遍性と具体性、見つめることと思うこと。それらの間の往復運動を詩というかたちで言葉にすることの精神。キーワードは〈実感〉だ。実感してもいないことを通りいっぺんに論じたり、自らの実感を表層のところで安易に妄信して突き進んだり、そういうことをすると詩ではなくなってしまうが、ここにご案内する小山修一氏はまさに詩人である。宇宙、地球、人類世界、日本社会、交流関係、家族、個の人生。大小に七変化する冷静な視野を持ちながら、常に人生経験を経た内面に実感されるものを書いている。ただ無造作に書くのではなく、一行一行の言葉の選び方と連なりには辛口ユーモアや風刺、自己省察や他者への愛などが散りばめられていて、発見がある。それでいてさりげなく生活感を感じさせてペーソスがあり、現代詩の懐

かしい原点を思い出させてくれる。

このように硬軟織り交ぜた味わい深い詩を書く詩人がいったいどこから出現したのか、と読者諸氏は思われるだろう。水面下では小山修一氏の詩世界は一九六九年、彼が十代の頃から脈々と刻まれていた。詩集末尾の奥付の上にある略歴をご覧いただきたい。一九五一年に生まれ、一九七一年には伝説の詩人・前田鐵之助（一八九六〜一九七七年）に師事している。六十六ページ収録の詩「真鶴にて—前田鐵之助先生と」には当時の師弟の様子が印象深い情景となっているが、この先達は当時世間一般に名の知られた詩人であり、堀口大學や川路柳虹らと共に日本詩人クラブの創設時「評議員」でもあった。当時無名の小山青年はなかなか血気盛んで、その詩人に作品を褒められ激励されたのがうれしくて、自ら訪問して師事させてもらったという。それに応じた前田詩人はなかなかの好人物だろう。これから開花する詩の才能を応援して、決して偉ぶらない誠実な詩人だったわけだ。

その後、小山修一氏を襲ったのは社会で生き抜いていくための波乱万丈の職業人生だった。多種多様な仕事を転々とし、そしてはじめは門外漢で一から現場で学んで体得していった温泉関係の技術を含む建物管理の会社経営……。熱海から海辺を南下する温泉街・伊東から彼が愛妻と暮らす大室山付近の自宅まで案内された車中で、わたしは小山氏の人生行路ダイジェストを聞かせてもらった。ここには書かないが、かなりつらいこともあった。そこに運命的な糸でつながれたわたしとの奇縁もあるのだが、それもここには書かない。だが、高度経済成長と高まる市民運動・平和運動、バブル経済とその終焉、新たな不況と新世紀の不安定社会、といった激動の時代変遷に、神奈川県の小田原周辺や静岡県伊豆半島で必死にはいつくばって生きてきたハングリー精神と、その中で培われた大らかなユーモアは一級品だ。妻やこどもたちを愛し、立派なあごひげに眼鏡をかけて人懐っこい笑顔を見せる小山修一氏は、同時に非常に鋭い批評性の持ち主である。

多忙を極めた日々に、ずっと小山氏が手放さなかったのが詩の心であり、新しい同人誌を組織したり、私家版詩集を出したり、市民作曲家と組んで歌をつくり、さまざまな文化活動を地域でしたりしてきたのだった。略歴にあるように、現在は総合文芸誌「岩漿」の編集・発行人として、会員の原稿をとりまとめて雑誌をつくり、自らも詩やエッセイや小説を発表している。そんな詩人と不思議なご縁で知り合ったわたしは、彼の詩作の原点にいつも灯る故・前田鐵之助との良き思い出に敬意を払って、前田氏が設立時に評議員を務めた日本詩人クラブの存在を彼に伝え、入会をすすめたのだった。もし前田鐵之助が生きていたなら、この類まれな詩集を手にして感慨深くつぶやくことだろう。「あの青年詩人がこんなにいい詩集を出すまで書き続けたか。」

あえてここに一篇一篇の分析は書かない。二十代の私家版詩集以降に書きためられた膨大な量の中から厳選した四十八篇が読者諸氏の心にどう響くか、いまからわたしも楽しみだ。時にダイナミックな批評眼で、時に軽快なユーモアで、時にしみじみとほろ苦い生活感で、人が生きるということの本質を詩の心で展開する。静岡県伊豆半島発、命の万華鏡が人生の実感を映し出す。波乱万丈の歩みの中で決して筆を折らなかった詩人に、そしてこの初めての流通本によってひろく世に作品世界を刻印した詩人に、わたしは心からの敬意をおくりたい。

小山修一（こやま　しゅういち）略歴

1951 年　静岡県富士市生まれ
1969 年　高村光太郎の詩群に衝撃を受け、詩作を始める
1971 年　「詩洋」社同人、前田鐵之助に師事
1975 年　私家版詩集『夜明けからの出発（たびだち）』刊行（絶版）
現在　総合文芸誌「岩漿」（岩漿文学会）編集発行人
日本詩人クラブ会員

現住所　〒 413-0235　静岡県伊東市大室高原９－３６３

小山修一詩集『人間のいる風景』

2018 年 7 月 24 日初版発行
著　者　小山　修一
編　集　佐相　憲一
発行者　鈴木比佐雄

発行所　株式会社 コールサック社
〒 173-0004　東京都板橋区板橋 2-63-4-209
電話 03-5944-3258　FAX 03-5944-3238
suzuki@coal-sack.com　http://www.coal-sack.com
郵便振替　00180-4-741802
印刷管理　（株）コールサック社　製作部

＊装幀　奥川はるみ

落丁本・乱丁本はお取り替えいたします。
ISBN978-4-86435-349-6　C1092　￥1500E